某事從未被提及

劉哲廷

吹鼓吹詩人叢書／12

台灣詩學吹鼓吹詩人叢書出版緣起

蘇紹連

　　「台灣詩學季刊雜誌社」創辦於1992年12月6日，這是台灣詩壇上一個歷史性的日子，這個日子開啟了台灣詩學時代的來臨。《台灣詩學季刊》在前後任社長向明和李瑞騰的帶領下，經歷了兩位主編白靈、蕭蕭，至2002年改版為《台灣詩學學刊》，由鄭慧如主編，以學術論文為主，附刊詩作。2003年6月11日設立「吹鼓吹詩論壇」網站，從此，一個大型的詩論壇終於在台灣誕生了。2005年9月增加《台灣詩學‧吹鼓吹詩論壇》刊物，由蘇紹連主編。《台灣詩學》以雙刊物形態創詩壇之舉，同時出版學術面的評論詩學，及單純以詩為主的詩刊。

　　「吹鼓吹詩論壇」網站定位為新世代新勢力的網路詩社群，並以「詩腸鼓吹，吹響詩號，鼓動詩潮」十二字為論壇主旨，典出自於唐朝‧馮贄《雲仙雜記‧二、俗耳針砭，詩腸鼓吹》：「戴顒春日攜雙柑斗酒，人問何之，曰：『往聽黃鸝聲，此俗耳針砭，詩腸鼓吹，汝知之乎？』」因黃鸝之聲悅耳動聽，可以發人清思，激發詩興，詩興的激發必須砭去俗

思，代以雅興。論壇的名稱「吹鼓吹」三字響亮，而且論壇主旨旗幟鮮明，立即驚動了網路詩界。

「吹鼓吹詩論壇」網站在台灣網路執詩界牛耳，詩的創作者或讀者們競相加入論壇為會員，除於論壇發表詩作、賞評回覆外，更有擔任版主者參與論壇版務的工作，一起推動論壇的輪子，繼續邁向更為寬廣的網路詩創作及交流場域。在這之中，有許多潛質優異的詩人逐漸浮現出來，他們的詩作散發耀眼的光芒，深受詩壇前輩們的矚目，諸如：鯨向海、楊佳嫻、林德俊、陳思嫻、李長青、羅浩原等人，都曾是「吹鼓吹詩論壇」的版主，他們現今已是能獨當一面的新世代頂尖詩人。

「吹鼓吹詩論壇」網站除了提供像是詩壇的「星光大道」或「超級偶像」發表平台，讓許多新人展現詩藝外，還把優秀詩作集結為「年度論壇詩選」於平面媒體刊登，以此留下珍貴的網路詩歷史資料。2009年起，更進一步訂立「台灣詩學吹鼓吹詩人叢書」方案，獎勵在「吹鼓吹詩論壇」創作優異的詩人，出版其個人詩集，期與「台灣詩學」的詩學同仁們站在同一高度，此一方案幸得「秀威資訊科技有限公司」應允，而得以實現。今後，「台灣詩學季刊雜誌社」將戮力於此項方案的進行，每半年甄選一至三位台灣最優秀的新世代詩人出版其詩集，以細水長流的方式，三年、五年，甚至十年之後，這套「台灣詩學吹鼓吹詩人叢書」累計無數本詩集，將是台灣詩壇在二十一世紀最堅強最整齊的詩人叢書，也將見證台灣詩史上這段期間新世代詩人的成長及詩風的建立。

若此，我們的詩壇必然能夠再創現代詩的盛唐時代！讓我們殷切期待吧。

序

因為「救贖你自由的空洞」這樣的話，我便開始有了宗教性的價值。風步習習，雨淚瀝瀝，這是我彩色的遺骸，這是我肥沃的腐朽，這是我的玫瑰與嬰粟的自由。

我不過是個矯情虛偽的傢伙，在自己喪失過往信誓旦旦的憂鬱時，空洞的需要一些儀式；遲一些證明到最後還是我和我的寂寞、遲一些證明自己還苦慟的身陷囹圄罷了。在這當下，突然傷心的哭了起來。難過的發現自己已經毫不勉強的忘了什麼，忘了一些莫名的病痛。

想像著某人的襯衣吹動了皺褶，我的人生也激起了皺褶。我總是臆想那些或許不曾也不該被提及的話，那些沉澱著叫人心痛的記憶——痛苦太迷人我都無法原諒我自己。

但我還是會繼續憂鬱著別人不能僭越的憂鬱，因為這朗朗的一樣是冬日的暖陽。或許沒有人能承擔我的憂傷，不能是我需要的體溫，但你可以微笑的走過我的身旁，讓錯過或錯過錯過成一種悠久的節奏。

我是沉淪在地獄裡的，而不能僭越我空間的你，就該是地獄的守門犬。我有三個頭，我嗜食人肉，你是將要被惡魔殺死的怪獸。你會試著見證永遠在地獄門後的我的光榮璀璨的墮落嗎？你總會在我出門回到人間之前看見我整裝待發的神采奕奕

樣態——不需在煙花三月的楊州遇過我，不需在花季翻覆的月夜遇到我。在我夢境的所在，當我被謀殺的前夕，還殷勤的嗅嗅我在不在門後，擔心不知道以後是誰要替我看著門？然而，生存的樣態總是如此，總是。

　　純粹的體會喜樂和祝福，我用宗教性的虔誠聆聽著Olivier Messiaen的「期待死者復活」，幸福的在地獄裡與自己的死亡只距一牆之隔……

某事從未被提及 |content

某事從未被提及 |content

場景一　anamorphosis

輯三　次風景

某事從未被提及 | content

場景二　三十六病房

輯四　歸途

某事從未被提及 | content

場景三　豐原

輯五　週遭逐漸變得無可奉告

當時我有個習慣，
只要一想到拉迪格的年齡就感到痛苦。
他二十三歲就死了，
我的年齡都是白費的。

——坂口安吾〈何去何從〉

輯一

我從來
就
沒 能 懂

尋屋

「這島會遷移到另一個島嗎
　當夜晚的風開始萎縮，一片靜寂呼嘯而過？」

「你說：『我們的島比鯨還大』（五坪。沒有
　衛浴設備／與陌生人共用並不清潔的海……）
　我說：『至少鯨還有浴缸可泡澡』」

「寫不出一首完整的詩……尋不到——」

「這島沒有機場　這島沒有漁港
　但是亮白的船隻在夜晚顯得惹人厭煩（黯黯的
　床被在夜晚顯得亮白）」

「寫不出一首完整的詩　尋不到一座清楚的島
　這島會遷移到另一個島嗎　這島會
　變成一隻鳥嗎？」

「窗外樹影斑駁參差律動　是風嗎？
　何去何從　何去——
　何從？」

「寫不出一首完整的詩　這島萎縮成沒有母親
的燕子窩：一屋子的飢餓與吵鬧」

房間的屈辱

在沒有窗的房間裡
想要說的話
藏在雨滴裡
在沒有窗的房間裡
風從來沒有回家
領取失蹤證明
在沒有窗的房間裡
偷偷餵食情人
剁碎一句句語彙
在沒有窗的房間裡
白鯨出沒
擱淺在空蕩置物櫃
在沒有窗的房間裡
粗糙的地面
痛恨磨損的鞋
在沒有窗的房間裡
總在除草時
想關於陽光這回事

在沒有窗的房間裡
沒有熟食
信仰與節慶
在沒有窗的房間裡
為慾望的口袋歌唱
為角落的亂世清潔
在沒有窗的房間裡
噪音一片
座無虛席的意象
在沒有窗的房間裡
空氣中加鹽
鑰匙不見
在沒有窗的房間裡
說要離開
樹幹的嘆息與哭泣
在沒有窗的房間裡
請勿隨意張貼
憐憫的影子

在沒有窗的房間裡
掉落一聲烏鴉
瀕臨絕種的恨
在沒有窗的房間裡
崩碎的囈語
反鎖闃寂
在沒有窗的房間裡
不想說的話
變賣成呈堂證據

房屋

他走出房屋
繼續裸露貧瘠的田野調查
冰箱裡有一列宰殺蘋果的軍隊
他們安靜地削皮
我倚著洗碗槽
耳朵消失

「誰的臉是西藏
　誰的脊是青翠的蟒
　我們愉快嗎？」

我開始有一幢秘密的房屋
不需要舌頭與皮膚
迂迴地
聚攏在一起

If I'll Fill It

~flF   I'I   I'll
F~'r   I.   FillFlit
"U   III   FIT   I.;tt jrl
I   Ftmu   U   e1
[~I[lairI   ii
IF   ii   I.

如果我涉陷了
都是因為鴉片與穿刺
床鋪的白野菊

誰為預言殉道？
堅持歇斯底里個人私密的
生鏽鐵櫃：我們合演
偶爾暗閃的日光燈也曾是
天上雷劈的
啟示

他在醉漢的咽喉裡
偷偷說話

穿過

土壤穿過了你，我是淚水／你是蛞蝓
黏涎……我們是閃爍著奇異光彩腐爛的賤民

鞋子穿過了我的腳／旅途穿過了你
時間裡的目光欣賞了一些往事（竊取土壤與迷迭香）

腳指間有著男孩的彈琴聲；
凝望中有兩種燥熱：呆滯，或有神。

吞下來，或吐出去——惆悵的相望
厚毛衣穿過了我／這些年的冬天穿過了你

電話響了，著火的房間，曼陀羅，樟腦氣味的衣櫃
沒有人，知道我們藏在哪裡。

土壤穿過了我，你是淚水／我是蛞蝓
黏涎……我們是閃爍著奇異光彩腐爛的賤民

只穿鞋

在一個上弦月夜裡
赤裸著身體，坐在沙發上
沒有襪子

記得他們說會來看我
在全暗的屋子裡
電話鈴聲響著，沒有人接
百合花的香水味，顯得
濃郁異常

某些寂寞的揣摩

（壹）

我們必須學會簡單的語言
譬如：水，
輕撫過強硬的石頭。

（貳）

決定刷洗羽毛。當我
沉默的時候，窗外
那些傾塌或者掉落的衣桿
苦澀地反覆疲倦的日光
醒來後，嘴裡滿是昨夜的乾燥
細碎的，並且
漫長

（參）

每一片鏡面，都難以
擦拭乾淨——當你，開始
不瞭解我的淚水，掉了
幾根髮，我們彼此的消隱
說：老了，像決定拿下假牙
清洗罪惡。他們曾經發亮
是一條又一條黝黑的蛇
身軀閃閃鱗片，脫了華麗衣裳
等待拍賣，丟了舌頭
秘密，與
漂白劑

（肆）

在這個圓形星球體上
我們背對著彼此的喜悅
有時我在你下方
有時你在我下方

但時常我在你下方的
更下方
那裡沒有空氣
只有顏色
不停地，暈眩——

（伍）
浴缸裡的水已經哭乾
刮淨忙著記憶而遺忘的鬍渣
模糊的鏡面籠罩身軀
我們正在切割僵硬的詩體
執著尋常風景：牙刷、門，
不斷延伸形景漸小的窗框——
遠處一群流浪的牛羊
我們都將沒有住所
可以眺望，我們都將沒有水
可以洗淨罪惡、爛牙
腐臭的愛情。

（陸）
我們該搭配哪一雙鞋
躲進櫃子裡的焦躁？

（柒）
輕輕地，我們
跨越了逆風
在空無一物的洞穴
借住，並且聽見記憶
場景極冷，牠和牠
睡去了；他和他
醒了——輕輕地，我們
抵達了順風
帶著衣裳與土壤
造
一朵激情的
雲

（捌）

唱一首隨身攜帶的歌曲：
「如果有一天，陽光
　不見了……」

（玖）

躺在一種曾經交疊的味道上
在嘴裡不斷複習。我們的
慾望是鹹的；無人的
空屋裡，只有眼球不停地
拋擲，汗跡是唯一的
語言

（拾）

∞

給的寂寞
——給　莫方

你烘培了名為拿破崙的
點心　迂迴了幾圈
一團漩流中的碎片
在這街壘上的記憶
在一疊又一疊的土壤中
拔些新鮮的愛與生活
拔些腐敗的思維與詩句
選擇活在哪一處
在一疊再一疊的書堆裡
你為未命名的事物
選擇生殖語言　選擇
在那街壘裡的記憶
生殖　寂寞……

記得，你
記得，你曾給我
記得，你曾給我衣裳。

你不經意拾起有關海洋的種種

你不經意拾起有關海洋的種種
（在一片樂土上有許多歌唱）
我居住在罐頭裡
鼻子是幸福的
怎能告訴你我在一場遷移中
思索詩句在你心中的地位
在過敏的早晨
魚很早就賣光了
賣光了夏日海藻的氣息
剝落的鱗片與笑容重疊
鼻子是幸福的；

你不經意拾起有關海洋的種種
海洋是有語言的
海洋是有睡眠的
海洋是白色的房間
住過的／經過的
都會留下微微發光的旅行
在魚販的刀下　夢見

你不經意拾起有關海洋的種種
（種滿一整片木棉）
她們微微點頭……
鼻子是幸福的。

我是焦慮的

They slip between the fingers of my sight,
I cannot put my glance upon them tight.
-- "The Signals" by Theodore Roethke

《壹》0：01 am

畫完整幅餿去的海景，我的面容呈露懦弱的水母
色。這是這個季節最後的一場演出。我的軀體與
潮汐間虛緩地翻轉著，像是整條泛著魚腥味的海
岸線。

《貳》1：26 am

他們說，我是海。我的未來有一片無敵的海景？
看，餿去的海景……沒有人，卻只有被旅人遺忘
的一只打火機。（焦慮時，我並且是一根菸）

《參》2：20 am

漁夫急急忙忙地奔來⋯⋯拉緊——周圍的空氣。
焦慮的魚群，在魚網裡翻天覆地，然後⋯⋯睡去
。（海面，並且沒有閃閃鱗片）

《肆》3：20 am

有畫架，沒有人，沒有顏料，有水，沒有畫筆，
有風，一群年輕人，沒有笑，有火，沒有漁船，
有抓魚的飛鳥。畫布是我的翅膀（畫布敗壞了，
學不會飛翔）

《伍》4：55 am

是誰，跳了下去——找劇本？（海底，並且沒有
光⋯⋯）

變態

當我**不再**是一隻毛毛蟲
悲傷長出翅膀
血染的鱗片與敏感的觸角
我感受到死亡
這些
那些影子的碎裂聲
（**How I know I'm here**）

「你說：我不在薄荷葉上愛著你，你不再愛著薄荷葉。在薄荷葉焦黑前，再愛著生命的清潔與白蟻的翅膀。」

當我不再是一隻毛毛蟲
當我**不在**

Bridle

褻麗的褐，以及
某些僻黃的蠟

（攘一攘）

燒琉一般；熱著融解
雨般地滑下，激起
慌張的漣漪

蝸牛的濕痕迤邐在
你的身軀，始終
走著音。

病人

生繡的鐵窗上
蜘蛛品嚐著牠的愛人
牠的寶寶們乖乖聽話
早睡早起
為了能外出添購
靈魂

踟躕

——寫　Theo Angelopoulos

記憶沿著音階高亢並且降落
那些裂不碎的臆測擱淺在鄉愁的氣味裡
有時呼喚著寒冷的季節
偶爾也得點綴孤寡的晚年
恍然成無聲的
傘

〈 我們存在於其間 〉

安哲羅普洛斯

一個人問什麼是島，什麼是半島？
寂寞的群眾在追尋什麼樣貌的遼闊場景？
什麼是、什麼是安哲羅普洛斯？

一個人，或者是寂寞的群眾？
（一片輕撫的重量就這麼模糊了下來）

唉，他的領土總是、總是霧⋯⋯

大霧

——給 詩人蘇紹連

我讀你霧霧詩篇
那些這些標點陣陣嘆息
翻起一座座海
用記憶中的場景承接這些那些
我便能深深了解
謬思的左手
沒由來的失蹤
那些這些命運交錯
傾訴著

打開自己曾緊握的手
竟有以血淚佈滿的愁緒
帶些思念
譬如「我親愛的孩子，
近來好嗎？」
譬如時間乘著列車
駛向這些那些
那些這些孤獨的我

「孩子，近來好嗎？」
凝滯的眼淚已成琥珀

意象逆著風
回來尋找自己
這些那些草木的魂魄
他們說：
「靈魂很危險」
他們讀你的影子
他們讀你美好的夕陽
與
數數斑鳩
在遠方

在這裡那裡
恍現整幕
大霧

詩人

憫憫的／島上許在下著雨／你的枕上晒著鹽／
鹽的窗外立著夜……

——商禽〈遙遠的催眠〉

鞋濕了，放在屋內的鞋濕了。右腳有五月的單
字，穿過——在海水裡哭泣。眼淚是漁夫，網
子投擲向夜，捕獲滿天星宇。他的靈魂是小小
的漁船，滿載的漁獲等待詩人買下……

他枯等了一整個五月。鞋乾了，他便上岸。屋
子失蹤，留下椅子、櫃子、棉被，時針停留在
五點的鐘。

終於不再下雨，他趕緊將鞋藏好。穿過未被命
名的沼澤地帶，睡眠，在有魚腥味的夢境裡寫
詩。他，開始寫詩了。

不遠的催眠

孩子初生發紫的衣裳像你
太陽呆滯的轉動像你
一個男孩的手有發光的眼睛像你
蒲公英酒在瓶子裡像你
他盯著太陽的模樣像你
撫摸著我的膝蓋像你
在黃昏他更接近於地平線像你
我可以聞到空氣中新事物的終結像你
太陽滑倒到山後像你
光從牙縫裡擠出牙膏像你
灼熱的葉子的死亡像你
喝醉的夏天像你
星星在晴朗的天空讓我頭暈目眩像你
煙花像你
風車像你
爆竹的爆炸像你
發紅的炎熱與傷害像你
七月的眼睛閃爍像你
暈眩通過的季節像你

雙手的污垢像你

聞起來有塑膠味像你

走進十月像你

天主教聖徒和羅馬蠟燭像你

我和我的煙花瀑布像你

秋天的魔術像你

寒風將我囚禁隨著葉子爆炸像你

金色的夢我留下像你

我假裝我還在那裡像你

在冬季點燃蠟燭像你

月光下壞掉的椅子像你

他們的風呢喃某個陌生人的名字像你

森林的歇斯底里像你

沉默的斑鳩像你

死亡像你

波特萊爾之墓

波特萊爾的雙
手被反鋦在床柱兩
邊且無助的趴在冰
冷的鐵床上波特萊
爾高貴的低聲啜泣
時除了腳踝上的白
棉襪之外一絲不掛
波特萊爾的小腿被
牢牢抓住且硬生生
被分到兩邊波特萊
爾細緻的身心被無
情的撕扯波特萊爾
蒼白的小腹和萎靡的陰
莖因為不斷撞擊那張破舊的
鐵板床而被粗糙的鐵銹刮傷
□□□□□□□□□□□□
□□**詩人的悲劇性格之必要**□□

悲劇

雖然早已臨摹了各種預感／卻總有辦法穿越各種
桎梏／然後挾帶著令人難掩的羞赧／穿越所有的
客觀性／尖酸無比的直指襲來……我的耳際開始
嗚嗚作響／是那些夜裡的囁嚅聲／是彈壞的蕭邦。

渡厄

我把我的房間築在雨滴裡
並且拭去陰霾的回憶與瑣碎的尼采
蒸餾祭典裡的混沌
焚香幾近豐腴的情緒
一散
望見滿地掉落的羽翼
聽到雨滴疲憊的語意

走進我的房間
在床上切割自己陳腐的意象
在枕頭下放一本貪婪的詩集

室內下起大雨
窗外的渡口擠滿了洩慾的信徒
他們卸下喃喃的悔懺
蕲求好天氣

她的名字

我今天又想到我是在她的傷感中誕生；在她的死亡中來到了這世上。開始，參與這一切幸福與苦澀。所以我，總似披著一層憂懷的袈裟，這樣走此一條春意盎然的黑色的路。

曾幾何時，我忘了追憶她時應有的美麗與莊嚴；開始，墮落菸酒中嘻皮笑臉討生活。就在一次打打鬧鬧中，有人說她的名字不叫「西藏」；應當是「圖博」。

他是另座異常隔遠孤獨的島

樓房、牆上染紅的窗
垃圾桶／十三月的塞爾維亞雲杉？
和，停泊在樹旁的羔羊
都陷入了完全不明所以的昏迷中

沒有將雨的氣息
更沒有晚餐的禱告。

隧

在隧道唱著記憶　這回事
煙草燃燒彼此然後穿過彼此

那聲音像牧笛
傍晚的，接近夜的原型

替換　這回事在眼角取暖
蒐集日子的鹽

海邊的屋子瘦成瘖默的桌椅
無菜無湯

2008/06/25看短片「隧道」

輯二

殊　途

輯首

眼角指向最靠近恆星的地方，穿過北極熊一根根透明的毛髮，我看見死亡。螢火蟲激情造愛（雪橇犬往那方向尋找我）我知道……他曾舔舐我的淚，安撫我的傷。

我知道、我知道……草原開滿格桑花，一切美好。

女詩人牽著雪橇犬在雪地上留下一張紙條，寫著「將生命用詩歌來詮釋」；女詩人在北極熊屍體旁的冰地，刻寫著「將詩歌的詮釋留給死亡」

我知道、我知道……沒有骨骸，荒原沒有曼巴蛇，一切美好。

側躺的軀體，漸漸模糊的視野在下雨之前，已成半島的橄欖，迷迭香，晚餐的祈禱。

I

When rain bends down the bough.

And I shall be more silent and cold hearted...

- Sara Teasdale, poet, d. 1933

【壹】

及時雨　總下在身後剪裁
沉默　施捨
一路劃開遷徙的雲層
抵達睡眠的建築
斑駁的牆　呢喃的
角落　窗　斑駁的牆

呢喃的角落。窗……

【零】

一路劃開遷徙的雲層
乾涸的河床　魚乾　候鳥

臥室裡的盆栽向星空
吐芽。哭泣的樹在月下
開始向北走　通通往後
傾倒　吞沒

（別讓仇恨蔓延……）

別讓仇恨蔓延，攀過
一臉靜寂　他們仰臥在風上
等殞石進入視野
捲走用暗喻組合而成的玩具
在開啟廚房的日光燈時
跟隨蟑螂一同消散

「這裡不再有詩歌
　這裡不再有海岸線
　這裡不再有駱駝
　這裡不再有及時雨」

不再有及時雨
不再有……

II

They tried to get me -- I got them first!
- Vachel Lindsay, poet, d. 1931

鬱躁的時間
腐爛的蜷縮於牆縫裡
成為考古

漆黑的蠱惑　氾濫
（滂沱大雨）
滿溢輕佻的霉臭
貪婪的　喧囂的空虛
髒了陽光
髒了狗日子

鑰匙進入他們
打開整屋子喃喃的
悔懺　龜裂
死
皺褶的砧板上的

魚的魚鱗與魚鱗間的
痛
汩汩的鮮血餵養
蠟製的規則
（他們引火自焚）
不斷剪斷勃起的
火

閃電戳破時間
時間掉落滿地蜘蛛
繁殖整屋子的
菜刀

殺了我
煮一鍋鬱躁的生
活

III

He went looking for a road

that doesn't lead to death.

- Ursula Le Guin（a poem: This Stone, 2001）

【房間】

房間開始窒息
皮膚剝落疙瘩　　滿地
將絨毛小熊的耳朵剪下
（隔牆有耳）
（噓──隔牆有耳）
掉入河
河中有人
有人掉入耳朵
收購秘密與抽屜裡的風景

【場景】

窒息的房間
景象淒涼
下起了微微細雨

脱下的靴子將他們裝入
再將他們倒出
一幅塞尚的海

【父親】
隱居在植被的皺紋裡寫詩
冬眠　隱喻思念
蘇古諾夫與高達

你旅行　穿越我
道路的盡頭吞吐漸層的藍
穿越你　我踟躕

我乾縮成焦蜷的落葉
在子宮裡讀你的詩

你從大霧走出
迎向我……隔著皮膚
對我說：孩子——別哭泣
孩子，別哭泣……

【男孩】

石頭　風信子　四月
習慣了海洋的男孩
沿著牆角撿拾貝殼
（善良是他唯一的武器）
（善良殺了他）

他們說：

善良，
這個名字是自己給的。

【他們】

房間與房間竊竊私語
雨水偷渡牆壁裡
日子在另一個日子後面
他們說
他們

萎縮語言的名單
噓——隔牆
有耳，隔牆有人
掉入耳朵
撿拾男孩的貝殼與他的尼采
憂傷便誕生了
置換的履歷與某些
尚未命名的節慶
四月　風信子　石頭

【誕生】
給你地下鐵
給你一雙鞋
給你遠方的種子
給你西藏

給我乾旱的地表
沿著你留下的濕氣與罪行
抵達拉薩與死亡

IV

Apples have wings, true or false.

And this is just one place, one time.

- Franz Wright（a poem: Dying Thought Near the Summit, 2001）

每天每天我將身體拆解並且餵食給睡眠
每天每天我搭乘恍惚的列車去探望我的身體再帶回憂傷
每天每天我哭著哭著睡去再從海底游上岸
每天每天我食用一首詩再催吐一灘骯髒的海
每天每天我穿越沙漠再借住駱駝的眼睛躲避隱喻的砂礫
每天每天我裝潢房間的孤寂再呼出冷冽的季節
每天每天我懷念屋外經過的光並且恨著他們
每天每天我等待有人來看望我並且緊閉著門
每天每天我想像彩虹的聲音再將他們置入影子裡
每天每天我畫出愉悅的自己再對著畫說話
每天每天我走向你並且進入你耳朵裡說秘密
每天每天我失眠並且等清晨第一道曙光殺了所有的羔羊
每天每天我將傷痕藏起再用傷痕竊取恨
每天每天我赤裸著身體並且穿上情人的皮膚
每天每天我抵達死亡的夢境再從罪人的手心誕生

V

Are we going to give up or are we going to try?

Are we going to live up or are we going to die tonight?

- Mia Doi Todd（a song: My Room Is White, 2005）

經過了充滿狗尾草香味的路途
鞋子的裂縫飛過一隻雁鳥
敘說微笑的土壤
某些一再被提及的思念……
季節與生活；

飛過高地的峽谷
記載微不足道的枝節，如：
消失的時間甬道
彼端的喧譁
顏色　我們的對話（歌唱）
翠綠的草原　白樺湖*
最後一盞霓紅

沒有預期的畫上乳房周遭的罪惡
錯過了錯過
懸掛在夢境的另一端
那裡沒有夢——
這回事。只有過敏的早晨
堆滿許多雜物　旅途⋯⋯

經過了歇斯底里的日子
經過了衣櫥裡的褲子
經過了鞋櫃裡的襪子
經過了毛球與毛球之間的巷子
經過了一下子
⋯⋯
抵達了失眠的房子

門上寫著：

「出售的悲劇
　請勿隨意張貼」

* 白樺湖：しらかばこ，位於日本長野縣東部、蓼科山西麓。

VI

記得抽屜的夢，夢見島嶼的旅行。芒果樹……
——題記，2008

不停的走（屢屢回頭）屢屢回頭（不停的走）
沿途有駱駝、鴿子與海洋。行囊裝滿沿途蒐集的時光
刀的痕跡摸不著痛的記憶，無數個日子向後複印
躲進憂傷裡（一幅畫）總有某部分風景以隱形存在？

堤岸邊擺放著一雙破舊的鞋、沒了水的筆、撕裂的
地圖。地圖上沒有高歌的行軍、白鯨、罌粟……
尚未乾涸的雲翳（瑣碎的詞藻微微皺眉：黯黯裡，
雙手緩緩地拉扯　貼緊　摩擦　貼緊　拉扯　摩擦）

「攬住一束黑暗　編織一幕黑暗　疲憊極了的
　橫臥　在每一個角落　於是就那麼的流轉成一座
　愚蠢的迷宮　是起點　是終點　在死角憑弔
　死角　在盡頭穿越盡頭」我說我　說　我說　我

屢屢回頭（不停的走）不停的走（屢屢回頭）
瑣碎的詞藻，皺眉——黯黯裡，雙手狠狠地拉扯
緊貼　摩擦緊貼　拉扯摩擦……河邊的蘆葦微微擺盪
河水流入大海，土壤哭了，沒有了島嶼和抽屜；

經過北方遇見消失的熊　抵達東方看見光與節慶
來了南邊聽到耳朵裡的樂團與家人的問候：「弟，你
在北方一切是否安然，暖和？」我在西邊（溪邊）
沿著風撿拾童年的種子與等待載滿美好詩歌的小船。

VII

Goodbye: no handshake to endure.

Let's have no sadness -- furrowed brow.

- Sergei Esenin, Russian poet, d. 1925

【我與雨】

雨，以各種姿勢下降　誕生
沿途埋葬詩歌的戰爭
捕蠅草塞滿焦黑的辭彙

在小小房間裡下起傾盆大雨
成群的雁鳥飛渡椅子與桌子之間的季節
影子在蝸牛的背上爬行
圍繞著雨水
圍繞夢中的囈語
透露隱匿的傷口　在牆裡
在孢子飛散時　癲狂　想像
捲起植被　躲藏　暈眩

【我與女孩】

那習慣天空的女孩
那習慣草原的女孩
不要帳篷　不要水　不要三葉蟲

慢慢地睡去……

雨停了。她醒了
（冬眠的北極熊跟著醒來）

我說：「我們一起去旅行，
穿越彩虹
穿越古老的時鐘　穿越
彼此——抵達
最初。」

【女孩與魚】

有那麼一座城市變成藍色的海
女孩來到意象聚集的港口
（女孩也變成藍色的）
她牽著一隻藍色的狗
望向遠方黑色的魚群
她將自己搓揉成故事的誘餌
等，魚群以各種姿勢　貪婪　抽蓄
沒了欲望　沒了呼吸　死亡……

曬乾
一章又一章的
小說情節

VIII

There's good in all of us and I think I simply
love people too much. So much that it makes me
feel too fucking sad. The sad little, sensitive,
unappreciative, Pisces Jesus man!
　- Kurt Cobain, musician, d. April 8, 1994

走進了乾縮的眼球。一月
那裡有許多暗閃的日光燈與雲的躁動
二月，雨的腥味與男人的香水和成一種孤寂
然而　然而然而「孤寂」這語言過於氾濫
用慾望出售　用詩歌贖回

西藏吐出了我
的
肉身（三月，
　　鬍髭一般沉默地生長著……）

列車駛向一整片曼陀羅
列車駛向他們的輪迴
他們從男人的脊椎尾端
誕生。四月
地殼凸出的背脊
牧羊人們
在一間間小房間裡進行考古
翻譯彼此的語言：
孤寂孤寂孤寂孤寂孤寂孤寂孤寂ㄍㄐㄩ辜及
五月，舌苔上的子民
搜尋白色山梔花的名字……

馬丁、馬丁、馬丁、馬丁
馬克、馬克、馬克
大熊、大熊、大熊、大熊
小熊、小熊、小熊
小寶、小寶、小寶、小、寶、寶
小馬、大牛、小龍、猴

倫、仁、人
偉、瑋、大中中小小小阿阿阿阿門

某些承載悲傷故事的眼球投向我——六月
我說　我說我說：
「我從你們走出。然而　然而然而
　半年，
　就這麼達達的穿過了我。」

IX

LOVE is anterior to life, Posterior to death,

Initial of creation, and The exponent of breath.

- Emily Dickinson, poet, d. 1886

母親，聽說您年輕時很會畫畫
畫出了一個美滿的家庭　我的樣子　水草　風
但是，後來是誰畫上了我的憂傷
但是，後來後來是誰在背景畫上了戰亂
槍　扭曲的臉與罪惡

母親，記得您曾帶著我去流浪
您滿身的傷都會複印在我身上
我知道我不能喊疼；
因為忍得住，您才會帶我去摘小徑旁的扶桑花
用他們的淚水塗抹惆悵的日子與我們的傷

母親，您還記得那片草原嗎？
母親，您還記得草原與天空的對話嗎？
我知道這記憶的美景都是您的作品
我知道我也曾在裡頭　孤獨的熊與一束乾枯的花
但您現在是否知道我已模糊
成為罪惡的土壤　緩緩的埋葬雨水與羔羊

我顛飲過剩的蜜汁　我收藏光
屢屢穿過的彈孔　我在夢中燃燒自己
再撿起曾裝有亞麻仁油的玻璃空瓶
裡頭有一場喪禮：
是誰在為我們摺紙蓮花　自火燄中誕生
是誰為我們失眠　時間將眼球凍結成藍色的海

母親，您還記得那片藍色的海嗎？
眼前的那一片海洋　您的樣子　廚房新鮮的魚

但是，是誰把這些抹去　塗改成一片荒漠
貪婪的商隊　無辜的駱駝
海蛇──褪去的衣裳

母親，聽說您現在消瘦了許多
母親，對不起；因為我不小心將自己的樣子
畫成您的樣子（我是愛您的，我是。）
我想　我想帶您同我去流浪……
尋找有扶桑花的小徑，在小徑盡頭的另一頭
一同畫出安詳的草原　天空　海洋

沒有記憶與生活的戰亂
槍與傷

X

wir trinken und trinken. wir schaufeln

ein Grab in den Lüften da liegt man nicht eng.

- Paul Celan, poet, d. 1970（poem: Todesfuge, 1945）

今天想起了呼吸這回事；前些日子
潛入羅蘭巴特瞳孔底部的視野
假裝浪漫這回事（垂憐，自慰療傷。）
把生活遺忘在夢境與過去；
將死亡溫柔地握在手中，然後說德語
那些歷史　這些日子　還有還有

孩子邪惡的笑容　溼的鰭　枯竭的筆尖
隱喻依舊隱喻依舊。如果愛還清醒著
明天將遠行，下載氧氣（仰躺成一座
島與寓言：河邊的青蛙與毒蕈子）

明天將遠行嗎？詩歌留給菩提……

滿手的屈辱依舊　雁子的絕望依舊
剝落的光依舊　　　陰森的爪依舊
木芙蓉依舊　　　　　紅珊瑚依舊
冰河依舊　　　　　　盼望依舊

考古的彼岸挖掘出空虛的土壤
再吐給浴缸　夢遺後的襪子（氤氳，
複習每一日的疲憊。穿過——
抵達恆河　抵達櫃子裡最孤僻的鞋）

魚，消失了鰓　海洋掬起在祈者的掌心
打開朦朧的風景　聽不見沙灘
炙熱的悲傷。假裝成透澈的水母
無辜螫傷男孩的笑聲。

XI

他想去看海；普魯士藍是他的一部分；海是普魯士藍的一部分
他倦成翼龍的化石，我拾起他的票根與鱗片
他咬起手指甲，掉落滿地的焦慮與阿尼色弗兒童之家的磚瓦
他記得火車每一停靠的站名，唯獨——童年。
他的黑傘裡藏著他的痛楚　他的蛇　他的溪河
他講起了情節：懸掛在空中的人與無法抵達故鄉的船支……
他唱起歌。經過山洞，將歌聲留給克羅馬儂人畫的野牛與舞蹈
他抵達初鹿做禮拜，將三個字的名字種植在牧場；
他離開牧場添購日常所需，牛反芻出六個音符，傳唱整座山谷。
他記得那一年的四月，手指圈畫出牧羊犬的眼眸（憂傷　誕生　）
他在第十車廂找不到十號座位，在第十個座位留下圍巾
他在流浪的第十天拿走冬天像乳酪黃的陽光

他說火車是孤獨的。神木倒了　半島到了　自己卻失蹤了
他喜歡看著我，聽我說故事；這山頭一過，石頭變成海綿
他將自己的乳房遺忘　孩子遺忘　在子宮裡給星宇　曝曬　埋葬
他是行囊。將苦難的道路塞進他的空虛與沉默
他是木棉　椅背的汗漬　細雨　房間的事物與杜鵑鳥
他說要去看煙火，他說他說他說今年施捨的糖將會更多更多更多
他睡著了，我們在夢中造愛；醒來，寂寞的相對
他睡著了，我們在夢中看海；醒來，殘暴的造愛

後記：他們他們他們重疊在同一個位子上，成為我的旅行……風景，始終
　　　單人份。

XII

When I am dead, and over me bright April
Shakes out her rain drenched hair…
　　　　- Sara Teasdale, poet, d. 1933

房間開始下起傾盆大雨
在毛玻璃格子與格子間
畫慾望　裝裱腳邊的朦朧
兩雙白色的襪子　濕成
盆地的河流　清潔建築的
苦澀。我們得慢慢地走
慢慢地走　讓語彙收藏
每一處毛囊　在海洋活下
靜靜地哭泣　靜靜地

雨水滴穿悒鬱不忿的雙手
雙手輕撫哀傷的雙腿
雙腿憶起在羊水中的睡眠
睡眠中焦躁叢生

（母親的疼　母親的疼：

　不能哭泣　好嗎？
　不再哭泣，好嗎……）

房間的大雨，停了──
清晰中，看見了雪橇犬；
白色背心穿過了我的軀體
卡其短褲穿過了我的雙腿
白色球鞋穿過了我的雙腳
大大的旅行背包穿過了
我的旅途　還有我的笑容
穿過了陽光……回到
最初的海洋
（他的睡眠，誕生。　）

在我們的房間裡，記憶
剝落；在殘破不堪的房間
生命，重新裝潢。

輯末

餐桌上擺放著一尾海洋的生命，他在呼吸著他的腥味。

我問主人為何不將他煮熟？
「因為他還沒有死亡。」他說；

我偷偷地將他餵食雪橇犬（主人驚覺）惡狠狠地質問
我：「你為何要將他殺死？」

「我們都會留給海洋的。」我說

我　　　　　　　我
們　　　　　　　們
都我　　　　　我都
會們　　　　　們會
留都我　　　我都留
給會們　　　們會給
海留都我　我都留海
洋給會們　們會給洋
的海給會說會給海的

‧‧‧‧‧‧　　　　　。

場景一

anamorphosis

anamorphosis

這景象該怎麼說呢？在寒冬的大街上，故事正上演一陣哆嗦。在拐進巷內後流動著年少時殘積惡濕居下的悲哀，分外惆悵。鐵窗裡的眼神與街角的貓，很睏很睏；衣服裡悶燥的毛球或者躲在天空雲裡的事物，很輕很靜……或者。

室內固體般地暗下了來，枕頭旁邊擺放了一杯水與燥乾的嘴。凝重而皎潔的夜露自葉尖滾落下來，滑進了喉嚨裡：陌生的單字、崎嶇的語法、屬於誰的過往、誰的愛情，與日趨腐敗的穿透技倆——光，進入了回憶與肉體？

一聲悶哼，閒置在翌日的陽光下。往哪裡走去風景會愈漸壯大（這景象該怎麼說呢）

日子：愈漸淡薄，一團霧氣，忽明忽滅，在夢的纖維上茸茸生長。靠在藤椅上預言著自己不可是個飄浪的行者（生命的旅程像是從手掌逃離的宇宙）大街上滿地的小葉都焦炙了，堆成一片破碎的聲音，這時才感覺到甚麼是：寧靜。

身體成了一塊風景，或者像未完成的雕塑陶土，或者是某件被紅墨水筆劃到的白襯衫，或者藥裝空瓶……心底一片廢墟：眼盲了，成了縱火者。為了一點光，祈禱天堂能有勇敢的物種能吶喊出日夜傳給自己的訊息：「親愛的你在故事裡，一切是否安好？」

誰看見誰奪取了誰該有的故事？誰聽到了誰的秘密，在場景中忙碌的雨聲？撐起傘時，低頭便是滿地扭曲的語言：生活該如何詮釋

生命該如何教導日常的簡單生活（關於年老
的星宿與一首詩的種種如何如何……）這景
象該怎麼說呢……或者？

有那麼一天甚麼會出現在目光所及的事物與
思潮的境界上，不斷被複製銷毀複製銷毀附
置囂誨父製宵悔匚㞢丁厂（這景象該怎麼說
呢）

在寒冬的大街上，開始下一場毛毛雨，顫抖
著肩膀，然後開始假裝（假裝可以做甚麼，
然後假裝　等　或者　被等）

在寒冬的大街上，未知的，喋喋不休。

輯三

次　風景

暑

頸上的瘀痕被風吹皺
中暑的人們躲到傘下投靠陰影
那人的白襯衫是太亮了些
夜晚的捕蚊燈總能哄騙到趨光的花朵
抬起頭
樹叢拍落滿身大汗
我們稱之為雨的事物
只有當傘撐起時
才顯得神經質
而
舞姿熱烈

斷章
——給　伍國柱（1970-2006）

書寫誕生的身形
男男女女在呼吸之間集體癲癇
他們的焦慮讓雨顯得毛躁
吹一口氣，季節歇斯底里的更迭
那裡包裹著慾望
那裡盡是閃閃掙脫土壤的翅膀
但是

此時並沒有完整的身形
振翅，怎能高飛呢？

他們舞蹈著手指
張望著龐大的孤寂
吸吮彼此的乳房
比劃著日常生活的愛　與　被愛

書寫死亡的身形
男男女女在一篇又一篇的故事裡
集體種植愛情

吐一口氣，季節歇斯底里的更迭
森林穿過了大霧
種子變成樹
但是

葉子　始終
沒有綠過……

註：旅德編舞家「伍國柱」於西元2006年因血癌而過世。觀賞其遺作「斷
　　章」而有詩。

窗

（Ⅰ）

不斷複印著天
來不及記下又是另一頁

你經過的時候
總來不及圈點畫線
呵出的熱氣趕來曖昧

看清楚的時候
又是另一天

（Ⅱ）

這是旁人展顏的青春
另一些人合眸的午后

這是午睡口水瀅成的忘川
肉體跟靈魂的交惡

這是故意看錯的題目
失去圓周的球、咬斷的繩索
——

一旦眺望就起了霧
等待擁抱一個憐憫的側目

暗號

冬天的人到了春天　消失
春天的人到了夏天　消失
每個季節都只屬於一部分的人
在某個季節過後……消失
，直到貓失去靈性
在子宮裡約束成一種暗號
下降並且旋轉。

〔愛情〕是皮〔膚淺〕淺的〔失眠〕

（Ⅰ）

皮膚起了毛球
雙手生出了鹿茸
胸膛佈滿苔蘚
一隻貓經過了靜謐的早晨
肚皮拉開了一條拉鍊
火車駛過淺淺的睡眠
築起一幢空屋
敲開霧中的幻覺

（Ⅱ）

為羊梳毛的人
在床上練習各種入睡的姿勢
比如一種裝飾
偽裝成安梭爾[1]的頭顱
比如朦朧
鏽蝕的考古器物
比如愛情

一片樹葉邂逅整座森林
比如一種漸層
一個人坐在海濱
眺望遠方的島
眺望海上的船
想像與海盜做愛
生了一堆烏賊
躺在床上
為羊梳毛

（Ⅲ）

stilno stiln
ilnox tnox sino
stnox nox
lnox
stinx tilno
tilnox stlox
stilnox²

（Ⅳ）
廚房裡沒有熟食
更沒有晚餐的禱詞
耳朵裡躲著罪人
我的家人
我的愛人
眼睛裡有幾輛沙石車
或者幾艘海盜船
然後不停地說話
悲傷
就是這麼來的
有星空的壁紙在另一個房間貼起
有星空的壁紙在另一個房間
有星空的壁紙在另一個
有星空的壁紙……
………………
…………
星空
就是這麼來的

（Ⅴ）

裸露著
琴鍵
幸福地暈眩
可以歌唱跳舞
甚至可以消失
或者
選擇性地
重來

（Ⅵ）

我把憂傷種植在手心
等它們萌芽
再和你緊握著手
壓死它們

（Ⅶ）

我的床沒有我
我沒有床

沒有床的我
拿我的床去漂白
怎麼漂白
並不清楚
只知道我的床變成了
一隻貓
打個哈欠
將我吸入
我卻在牠的心室找到了
我的床
和
一瓶漂白劑

（Ⅷ）
我看見了你
不停得變
我指的是季節
或者單純的日子
現在你又變了

我是指你睡覺的姿勢
在想你也會觀察我
如觀察你睡覺時的模樣嗎？
我鑽入你的耳朵裡
探聽
鹿走失在森林裡的故事
你夢見了嗎？

（Ⅸ）

我的皮膚很煩躁
我的雙手不停地舞蹈
打開窗戶
火車駛出我的視線
外頭正下著
纏綿的微微細雨

1   J. Ensor, 1860-1949比利時超現實主義畫家。
2   stilnox, 精神藥物。

藍調的「ㄩˇ」

——詩，寫給我的瞇「ㄩˇ」她的毛

紅隼振翅翱翔盤旋她的海島
沉醉的愛情墜落她的海島，布魯塞爾開始下「ㄩˇ」
瞬間收尾的句點俯衝痛快地墜落她的海島
向聽眾謝幕音符流入並且墜落她的海島
我們可以低訴一句想念的「ㄩˇ」言嗎？
我們可以同時說荷「ㄩˇ」法「ㄩˇ」德「ㄩˇ」
或者屬於我們自己的「ㄩˇ」言嗎？
永遠演奏不盡的「什麼」是想念的「ㄩˇ」言嗎？
一線微笑是接近更深的夜的反射動作嗎？
我們偷偷在夢裡唱著「La Brabançonne」
他們不斷、不斷地；敲擊、敲擊「什麼」
敲擊誰　誰的座椅便會開滿麗春花
載著衣櫃　帶著衣架　穿上衣裳　□□□□
□□□□　末班捷運開往她的海島
然而，我們是赤裸的；誰沒有「ㄩˇ」毛？

註：「藍調」（Bluenote）咖啡館，爵士樂，不抽菸，我們與他們。

菲林術

呼燃舛昔生永齣衣瞎幕娜得瑙怠獸誌得掩甚忘巷扇濼乞服得濛聾陳眾得惚西／鴨魄遮字脊得氏縣扇梁洂池盹得衍京川嶽任／興抵曾德洞惡杏／卿府杯迄得／籿茫醉梵雨嘩躲普汝鐘得畝珠羽帽涯得嫩頁青斧唔羨姚娿得峽餉佈段諦象娿／坊伐初遜耗…凝敬得律瑟帝瓶縣尚媒載賣跑叢謠娿得佐偁跑道畩布健得誘冊

□□□□□□□□□□□□□□□□□□□□□□□□□□
□□□□□□□／□□□□□□□□□□□□□□□□／
□□□□□□□□／□□□□□／□□□□□□□□□□
□□□□□□□□□□□□□□□／□□□□□□…
□□□□□□□□□□□□□□□□□□□□□□□□□□

Animism

在火堆中升起，形成
搖搖欲墜的不可摧毀的透明
印象。像一縷垂吊在
陰影中的嗚咽

在黑夜的冷裡漂浮
在濃重的闃靜裡喁喁低語

晶瑩的翅翼伸展璀璨
卻經不起一點點光線怯懦的疑問
很輕易地就淡去，破碎。

秘密

安靜地搬入光
不放置影子
不說話

躺在柔軟的海洋
不要睡眠
不要求顯露

第三者

我們之間的罌粟和蒲公英飛散
飛盡之後……
我親手植下

海市蜃樓。

忌口

把羽毛灑向陸地
陸地並且也是海洋
羽毛並且是一隻木馬

嘴巴消失。

雨林

吃過期的素食罐頭
發霉的牛角麵包

在牙齒掉落的瞬間
蝙蝠住進了嘴裡

留下

One more chain does the maker make
To keep me from busting through
　　- Rufus Wainwright（A Song: The Maker Make）

我們在孢子飛散中做了一個夢
之後，不記得有沒有醒來……
後來，我們不想離開　陽光很大
混著海洋味道的時候　收藏
我們的汗水　後來

後來　雲，竊竊私語
在另一頭山邊滑出了彩虹

早晨醒來，將昨晚交換品嚐的
慾望　留下
「請把他們留下」
我們就能在上空飄浮了起來
在生活的祭壇上遺忘地球；

將夜的高音降 E 小調
在煙火流下糖汁後　彼此微笑

煙火

醒來看見自己好像走過狂暴的歲月
（哪裡是呢？）
就只是看著煙火煮熟天空，
留下慘烈的濃汁
滴在每個人的臉上、鼻頭、手心……

還以為，
還自以為那是
施捨的糖。

失控

醒來發現所有腳印都泥濘了
我的詩句總是如此性急敗壞

沿著黑暗撒下麵包屑
航道已被鞭醒
所有高樓標示著一種不可測的
孤獨
一不小心靠近就會擦槍走火
玻璃，隔著銀河
隔著細鑽
隔著凌空失重的鞋

劃開黑盒
把眼淚朝裡頭壓緊
從此
無人駕駛。

讀美軍日記

親愛的全部：

早上六點螞蟻蟑螂螞蟻蟑螂走過餐桌上杯盤狼藉的場景。所以所以他們註定活不了嗎？

當我再看見他們時他們已經死了，身上塗滿殺蟲藥。我在想……我要不要將他們下葬？下午六點讓我想一想蟑螂螞蟻蟑螂螞蟻……

全部的親愛2003/09/12

無題

他們撕裂了人們
使其不能復生
自己問自己
自己殺自己
我說的是
我說的是
時間

嚼文

動物園破舊了，過去
卻黏附於懨弱的羽翼內
齷齪成一團。

新房客

有些適合研磨體味
有些適合悶壞

之後瀝出的景很難定形
往往就先流產

我們在草叢裡埋下兩副眼球
培育一種壞天氣的視野

暗土下莖芽暴虐
彷彿要擄走整個夏天

交際場

可以寫完一首詩
因此先不說話

第一道曙光自窗邊斜映進來
人們穿著黑衣
彎腰，早晨勃起的
耳朵

第一班寂寥的公車上
三個人
駛向海邊
回家

Dear Guest

回家的那班車，開滿
紫藤花

我看著妳幫眾人
占了一個昨日的座位
接著把乳房卸下
睡得像隻麋鹿

你說：「請收下我的
來不及，睡去。」

我卻急忙下車，丟了
幾枚硬幣

臉，開進一路荊棘。

場景二

三十六　病房

三十六病房

animals in the zoo need feeding and extra love and attention, varya needs your love, she feels observed and you understand, i do not need to say anymore about that, where once she was wild and free now she is captured and this makes a soul to be as if in a cave, so we must open some doors wide for her where her spirit can adventure and kill (feed) and explore.

- by Katie Jane Garside（animals）

遲緩的例行作業【對話篇】

夢被夢魘糾纏住
醒來沒有所謂的現實
殘留晃蕩在窗外的
光

（眼皮謝絕光，
　胸腔吐還空氣和水。）

一排陰暗的長廊
小窗對著小窗

他說：「憂傷的人多話嗎」

躁症病人集體發病
不停地說一直說說說說說

說說說說說說說說說說說
用生命的夭亡繼續說
說愛說慾念說背叛說自毀
用肢體說用聲音說用眼神說
開心地說憤怒地說溫柔地說

說說說說說說說說說說說
言語粗暴才是常態？
折一朵朵自己墳前的白蓮花
或是
撕用法等同金銀冥紙
撕撕撕撕撕撕撕撕撕
詩詩詩詩詩詩詩詩詩
他說：「憂傷的人寫詩嗎」

充滿詛咒的人們也許我等待的就是你們但是你
們真的是嗎你們不需要刻意解讀我的語只需要
滿懷毋須目的的咒罵以及懷疑針對你們的懷疑
我又何必做什麼解釋一個真正患上癌症的人不
會興高采烈地談論自己的腫瘤只想好好發洩病
痛罷了我絲毫沒有要寬恕你們的意思寬恕你們
的言行憐憫一個高傲的弱者一般罪過所以我懷
著恨與你們交談我們都是人類誰能清楚自己的
靈魂在哪裡能裸露的頂多只有自己的感覺我願
意接受最深刻的顛覆與刺傷來昇華我有病的精
神一些毫無理由的痛楚荒謬扭曲的人臉和幻覺
你們是攀附在不潔之物我身旁的蒼蠅還是能夠
燒毀一切的火焰你們能如同查拉圖斯特拉尖銳
的言語之於世俗道德者以及腐敗的傳教士那樣
之於我嗎我是什麼樣的個體是什麼樣人類的渣
滓才會黑暗如我我除了黑暗之外很難再容納其
他東西生命它是多麼自私我真是一個人類的殘
渣

他說：「恨比幸福與愛更真實永恆」
他說：「上帝的愛不存在」
他說：「你可以恨我；但千萬不要討厭我」
他說：「憂傷的人憂傷嗎」

我要如此這般愛著你

我要把蝴蝶捕下
我要把蝴蝶嚼爛
我要用舌尖一點一點舐舐著花瓣
我要用豪華的體液去偽裝花朵從來就不是燦
　　　　　　　然的傷口。
　　　經過歌聲的峽角時，
我會不可自拔的偽裝沉淪；
我會無可救藥的仿冒潦倒，然後幾近於虔誠
的擁抱這淒愴迷人的毀滅。即使是投奔死亡
都不是我的由衷，因為我已經不再被稟賦真
誠；我婆娑的淚眼會告訴你，那是我的全心
全意已經那麼為你燃盡。

因為你一定會相信我淚眼晶瑩的謊言。

遲緩的例行作業【同居生活】

暑雲□□固明
中□窗□凝透
雷著嗽寥點默
夏掩咳寂雨靜

藏卻活
收冷生
息裡靜
氣肺靜

活孔漸憶遠□
生瞳漸記遙□
靜氣結色道□
靜霧凝褪味□

搔癢
破碎
蹣跚
布幕
□□
殘損
迷途

孢子
□檽
□雲
□雨
曾經
你的
我的

□□
走過
剛剛
靜靜
靜靜

你的
□我
地板
哭過
生活

遲緩的例行作業【睡眠篇】

10：00 PM

黑暗中的光照亮了一些耶和華的信徒
渴了的影子沒有太多表情
規律的重疊出現在平淡無奇的房間裡
隔壁房也是如此
隔壁的隔壁房應該也是如此

11：00 PM

一朵朵自戀的薔薇
不安份的在睡眠裡佔據帶刺的夢……

00：00 AM

聽說
聽說所有的靈魂都會過敏
嚴重的話會中毒
與陌生人擦身而過
然後急於掩飾苦難與他們不以為然的
夢

01：00 AM

夢
是哭泣的密密貓柳
時針與抗過敏藥物
（一切太細密，螺絲只要一鬆
　顫慄就逆流上來……）
掌握不住思緒的投影
如同藤蔓扭動旋轉地上陰影成的行草

02：00 AM

我在
房間的一角
禱告

解離【愛與恨】

他說：「下禮拜一會變冷。」
我說：「我不相信。」

這世界只會越來越殘酷
我們在苦難中翻閱考古
愛與恨在生活中
愛與恨在生殖中？
這世界殘破不堪嗎
他們說：「我不相信。」

這世界能殘酷如螢火蟲的一生？
點亮什麼
我只記得在房間等待
恍惚
躊躇等候
等候什麼
等候下一年的冬天
像去年冬天如此

如此炎熱
我指的是愛與恨在生活中
愛與恨在生殖中……

他說：「下禮拜一會變冷。」
我說：「喔。」

以神之名

我以赤裸之足
走在碎石鋪的小徑
在小徑上
我無法扶正自己的軀體

我無法扶正自己的軀體
一種背叛的氣息
在無盡的痛楚裡
慢慢地散開來……

慢慢地散開來……
消失的部分
藏在真實的生活裡
氾濫的深度
而我從來也不知要說些什麼

而我從來也不知要說些什麼
不久

我想振翅而去
成為消失的物種
某些事
一些不相干的事

一些不相干的事
或抑是孤獨的旅人
走出碎石小徑
赤裸之足滿是鮮血

赤裸之足滿是鮮血
你是知悉的
這是
失去價值後
所必須付出的代價

詩人的房間

（一）
他將自己的語言寫在牆上
他把自己的語言寫在地上

將自己曝曬成海風的領口……瀰漫著手工編
織的羊毛衫氣味。成群的雁鳥飛渡過這裡，
嗅聞到已被打包的花季。愛與被愛，堆積著
藏著風的小小盒子（有些是小小的海）海藻
輕擺，傳遞尋常的風景：不安的枕頭與天花
板、酸澀的檸檬汁、夢裡的違章建築、衣櫃
裡的音符、失憶的鉛筆、日光燈、金剛杵、
迴紋針、便條紙（我們存在於……）

打開　　打開　打開我，變成你微轉
　房　　　窗　　　　　　　　向我的脖
子
　　　　　　　門

（二）

我房間的門必須關上／你房間溢滿悶濕的空
氣／房間有著一面黴壞的牆／你房間偷偷藏
了冬天的陽光／我房間沒有鏡子可以看見自
己／你房間的門必須打開／我打開房間的門
也是房間／並且，沒有人。

尼采的房間【裸體風景】

在紅色廣場上的雕像是紅色調的
藤椅上有石頭與靜物和你的心理學課程
把手放在背後　坐著　支肘與圍著絲巾
穿著格紋短上衣（房間有海綿牆）
穿著文藝復興風格的裝扮（角落有房間）
風景在地下鐵（失落的聖殿）
地下鐵走了（觸礁的冰山）
地下鐵有一位正在研磨咖啡的女人
困在牆內的男人　對著牆撒尿的
男人　裸體自慰的男人
奇士勞斯基的愛情影片（這是愛的結構）
在風中穿斗篷的阿拉伯人　或許是猶太人？
在椰子樹下討論著十誡（我的聲語寂寥）
激流與噴泉　斑點與風景　深色的風景
蘆葦（我在聖殿把自己裝在盒子裡）
鼻子和故鄉（我們的聲語寂寥）
神經在廣場上蔓延中……

達利的鬍子　梵谷的耳朵　孟克的吶喊
畢卡索的女人　羅丹的卡蜜兒
你的島　你的鳥　廣場上的人群
人群的島　廣場上的鳥　鳥的廣場
在紅色廣場上的雕像是紅色調的
在紅色廣場上的雕像是紅色調的
在　　紅色　　場　的雕　是　　　調　的
　　　　　廣　上　　　像　紅　色

憂鬱的姿態【睡前儀式】

我假裝自己是一具不可瞑目的死屍←透明的角膜被一些雜訊←一些酸性侵蝕的麻木←一些看不見的灰塵所覆蓋←眼眶漸漸變得澀痛←眼角還殘留一點點膠結凝固的夢境←柔軟、輕薄並且沉重←一種黏液狀的東西包裹住我←輕輕掀動唇瓣←那是黑夜和寂靜散發著濕鹹淡味道的混合物←不能理解的孤絕←沒有足夠的形容詞能形容←沒有適當的代名詞可名狀←永恆的迷思滲透腦部灰色的皺褶裡←帶著腥味的灰色思想←我想我必須藉由短暫的毀滅←生命像飛蛾燃燒的翅撲打碎片與金色的塵粉←在黑夜的冷裡漂浮←在濃重的闃靜裡喁喁低語←房間裡的景物溶解在黑暗裡←卻又緩緩解析出來←像一些漸漸凝結起來的糖晶←沉澱在黑夜的底部「這個時候黑暗的霧氣會緩緩升起／死亡的指尖愛撫／每一株

枯殘的樹木最脆弱的蒼白細枝／用一種溫柔以及嫵媚／緊緊攀撓／撕裂／鞭笞它們沒有希望的根部」靈魂受到洗禮「它們拿走岩石的生命／拿走漫天揚起的細沙的生命／它們拿走一切的可能／時間冷卻成冰／風有著絳黑色的層理／死神的鐮刀將鑽石疼痛的光澤擊碎／餵食一個個活著或者已死的絕望」我說：這就像死亡一般毫不在乎的寂靜（你笑了）「當一切變得寒冷且黑暗／冰凍的銀色月亮將會迷惑住你」——你為什麼要死呢？我默默觀測著精神漸漸渙散消滅的過程←手上舊的傷疤不停發癢←新的卻隱隱作痛←我不喜歡刀子猛然劃過肌膚閃電般紅色的破裂←和汩汩滲出如寶石珠串的血←只喜歡溫柔深緩的攢刺如綠豆新生的嫩根←那種由淺入深的激烈痛覺像愛情←你知道嗎？「**人類的本質孤單，終其一生都在尋找自己的影子。**」他用糖果紙的黏膩封緊雙眼←微噘的唇含著很快就融化很快就遺忘的甜←我說：愛情，永恆。

迷幻公園

你難道聽不見周遭聲嘶力竭的吶喊，
那種人稱「寂靜」的吶喊聲？
       - Werner Herzog〈The Enigma of Kasper Hauser〉

這裡寂寥　這裡躁動　這裡茫然
（選擇將秘密用筆寫下……）
沿著鼻樑，擱淺河邊的囈語
家人在那裡嗎？我的朋友在那嗎？
叛逆的視野惡狠狠地扯去日光
灑落豐收的罌粟　灑落踟躕的青春
（張口）抬頭，便能緩緩地植入

我的寂寥　你的躁動　他的茫然
這裡的道路經常迷失意象
不確定性的像迷幻音樂　有時
斷續抽長縮短　駛向恨　有時
太過強烈　駛向愛與被愛、信仰

……猜忌著每個眼神間蕩漾著
什麼話題、什麼脆弱的記憶——

我的寂寥　你的躁動　他的茫然
迅速粹向毒藥的濃度，列車
駛過憂傷的城鎮——如童話中可以
腐蝕一切的魔水。然而誰的慾望
曾激越如一棵高大的枯樹
在意識窗外也要隨速度模糊？
（在橋上，風開始涼了……）
這裡寂寥　這裡躁動　這裡茫然
沿著胸膛，準備通過自己的軀體
將視野關上（闔眼）燃燒瞳孔裡的
火焰，與許多的自己和陌生人
一起種植冉冉甦醒的謊言？
將筆折斷，放進抽屜裡繼續詮釋
日子的寂寥與犯罪。

遲緩的例行作業【進食篇】

病房裡沒有人手淫
午餐尚未備妥

日光　太白（一切如初的
阡陌）記憶　過瘦

一人一桌　他們張嘴
（闔眼）空氣　無法美麗

禁止舉槍
自飲

輯四

歸　途

細雨

（Ⅰ）
詭異的笑成一把漾著油漬的傘
撐開的傘裡畫滿格子
我把固定的空格內都填進半個高音譜號
困難重重的發現，沒有曲子。

（Ⅱ）
　　　畸零的
　　　死透的
在黑夜兀自的
　　　亮著的蝴蝶
　　　　　；
　　　賣力的模仿撲火，憑弔那一吻後還
　留滿鱗片的斑斕
　　　　　的嘴唇

（Ⅲ）
沿著走著，往走著、走著
針葉一層層插飾在頭上〃

那遊走在腿骨中的冷流
如是不休止的嘔吐感〃

那懷抱著精緻的失落
還是碎步繼續走著〃

路盡。我正準備著
各種崩潰的預感〃

〃

雨季

撑起一把傘，這是故作輝煌的開端。

逃家時，在圖書館等待著被領回。預約一本本報廢的書，然後不停地頭疼。看不見日月的崔巍；這是視力的差池，這是放任鬧鐘齊響：一聲聲銀針穿刺光陰，或作為……蹉跎。

等到所剩幾日。焦急著，繳交不出來這季節的作業。

Re：一種注目
／沒有所謂被注目的觀點書寫

寄件者　Un Certain Regard
收件者　Uncertain Regard
日　期　0000/00/00
主　旨　Re：一種注目／沒有所謂被注目的觀點書寫

我果真是世上最醜陋的人
魔鏡啊魔鏡：就此不要說（噓）等天空暗下
撩撥暗赭的痂和符咒⋯⋯

>沒有鴟鴞的夜啼／有遊子困頓的面容
>沒有不可企及的島嶼／有氾濫的憂慮
>沒有朵朵冷傲的夢／有嚶嚶的啜泣
>沒有輪迴的嘆息／有佈滿曼陀羅
>沒有夜晚的誕生／有楚楚可憐的野菰
>沒有誕生／有愛與被愛
>沒有短暫的激情／有死亡

>沒有兀自萌芽的路途／冇垂愛草
>沒有遙不可及的國度／冇能夠倖免的罪過
>沒有不願重覆的航行／冇寒冬破碎的影子
>沒有遲開的薑花／冇彼岸
>沒有神的痕跡／冇遺世的孤子
>沒有輪迴的嘆息／冇光

忐忑

（Ⅰ）
室內的大雨終於停了
撥撥溼透的髮

張口
看見迷濛的晨間

（Ⅱ）
山坡背面的烏雲
正醞釀著下一個故事

她腹部有一個巨大缺口
一隻野狗叼走了流出來的臍帶

她倚在樹下掙扎著
懷裡撫摸粉紅色的皺褶皮囊

雨水打落在她臉上
山坡背面的響晴
正醞釀著下下一個故事

（Ⅲ）

牙籤瘸了
閃電打落存在的尷尬
眾人紛紛躲進廟宇
尋求庇護
繼續和生命齟齬

頂著爛牙

（Ⅳ）

當土壤吮吸完最後一滴露珠
我終於開始習慣在苦難中
放棄救贖

在滿是塗鴉的牆下
在平靜的池塘上斑斑駁駁的瑕疵裡
作為細小角落再捲起的背面

寫下各種悖德的理由供你匍匐前行

（Ⅴ）

獻上秘密搜集的酒與佐料
和著日子吞下
暫時放任一地瘡痍

為自己播種黑色的預言
趁著一切還迷信的時候
尖叫哆嗦

（VI）
粉紅色的房間
沒有空氣

歌聲突然消散
夏季無知的盛開

媚行

等待的時間內，飛禽
被風雪沒收——
雙手爬滿火的影子

只要閉上眼，消化
一扇門，或者一道閃電
總有來不及寒冷的
冬天

親愛的：
「請來我的身體裡取暖」

雖然我已燒成灰燼
但是，還得繼續在城市蛇行
煙視各種可能壯大的
明媚

夏

那些全副武裝的士兵
攻進我的房間
展開一場血腥的
新裝潢

有時候

咬碎自己的影子
沒有輪廓
複印沒人能翻譯的疲憊
砌成一塊塊肥皂
越變越小
一株株風信子的姿態
在櫥窗沉默
在
什麼時候
夏天霸佔了房間
喊疼了炙熱

有時……

在什麼時候
準備展開虎視眈眈的
寂寞。

抵達

擬是遠處的城
你是遠處的懲
我不能進入你
甚至不能抵達你
只是遠遠地
遠遠的眺望著你的美好
想像著你

終於我決定上路
終於我決定上鹿
朝著你的方向
嘲笑你的方向
我知道這條路沒有歸程
但：我有著一個信念：蛋

在路上經過各色的城
它們有的如同你一樣
美麗壯（賺）觀（光）
有的沒有圍牆

有的沒有圍裙
有的懸掛著彩色的旗
有的喧鬧卻如孩子般純淨
有的喧鬧的雀
如孩子般純淨

我，時常猶豫
猜測你與它們的不同
偶，食嚐魷魚

或許它們之中的一個就是你
這樣過去了很多年
我依然沒有抵達你
並為此誤入了很多城
霧入了很多城

我終於明白
不管城是大是小是好是壞
不管晨是亮是涼是明是白

重要的是：
留給自己那麼一個舒適的
位置：讓自己甘願受困
其中

我繼續上路
我計算錯誤
朝著你的方向
潮遮住你的象
你是遠處的城
一座無法抵達卻可以留戀的
城

抵達

【六月】
就要抵達了，
在時間與時間的間隙之中
它們在不可企及的夢境裡
吞噬日漸消瘦的記憶
呼出一些雲朵
開往曼荼羅的
特寫。

【一】
夜在雨衣裡竊竊私語
不渴望寧靜
他們偷窺一座座失眠的島嶼
日蝕複印時間的房間
在語言的背面（或者手心）
打開一切
一切始終無法結束

始終也不得結束
他們說
他們說……

【二】
山脈橫插入海底
夢裡有蛇
等待霧的褪去
能看見海底底下的沸騰
熱情蜿蜒成海岸線
沙漠的線條
剪斷它們變成雨
水（抬頭便能濕潤傷口）
我們說，
我們。

【三】
被風裁剪過的草原穿透一種夢
夢有階梯
廢墟
父親與父親
他說拾起行囊／螺絲／漂流木
他說坐下／不說話／進入一場戰事
髮長了
皮皺了

【四】
父親吐出了父親
上頭有風
你是草
安靜的變成樹
給風歇息
給夢思想
給右手整座安逸的櫃子

很多書／握緊的海洋／腳步聲／床
給建築睡眠的安撫

【五】

你來自於葉隙間的閃耀
你來自於母親的吶喊
你來自於眾人焦急的祈禱聲
你來自於時間裡的聲響
你來自於鞋子裡的旅行
你來自於皮膚與皮膚之間
我來自於你

【六】

雨將至（一場又一場的輪迴）
聲音是難挨的期盼
抵達了山頂之後幻化為雲
雨落下

眼淚落下
枯葉落下
夜幕落下
我們陷落一地朦朧

【約翰的領土】
那些經過我房門的腳步聲
都抵達夢境了
那些乳房上滾動的名字
走回接近海岸的橄欖
皮膚上的鹽
石頭都將被命名為約翰
約翰　約翰約翰
或者是……
小強。

憂傷的姿態
──給　小強

可以假裝是透明的
可以暗下來

閃爍了整片世界
安靜如抽屜裡的一支鉛筆
只有自己知道什麼是
夢
還有能擦去目光的
橡皮擦

可以假裝是一支菸
一首詩或者一隻
象

菸草

夢裡我們重修舊好
醒後他們捲菸草
抖掉我們　吐出他們
吸入夢　再吐出夢

草地非常知道

草地非常知道
穿過它的風以及牧羊人

青春用所有針葉去承擔
吞下發育不良的詞藻

幼嫩的躁動
偶爾有牛骨停留

踏碎日子裡的姿態
交換失焦的目光

囫圇吞下的嫉妒
草地非常知道

流浪者的隱喻

「那些因霧憔悴的遠方，睡時凍成一小塊一小塊
　羊羹。」

「海從耳朵流出來，天涯只需要一匙份量。」

「數道岔口，幾處赤貧的寂寞。夢中，竟成了暴
　發戶……買通一整批北方商隊，穿越——漠大
　的甦醒。」

劫後的屈辱

她走下山坡，來到泉水邊，靜靜地恨著他們。
- William Faulkner（1897-1962）

我把西藏喝掉
我的眼皮不停地跳
傳單不停地掉
他給它
我丟向它
它不停地被清潔
他們不停的骯髒

他們不能提醒我傷心
恍惚中減去一日
我不想跟他們糾纏
糾纏不想那麼簡單

看他們站立的背影
聽他們談我的犯罪
我把西藏吐掉

我的眼皮不停地跳
你們快來吧
青蛇快勒死法海了
它給我
我丟向他們

夏天走了
我的海洋
你的楠木
他的小護士面速利達姆
輕輕吹一吹
不要哭了
他們安慰過我
也該我安慰曼秀雷敦

還好，
這邊還有一朵喇叭。

醃漬

醃漬一年哭泣的遊戲
忘記有關憤怒與冷漠的辭彙？
打開燈　關起燈
蓄意牴觸眾人的不安

生活與生命互相凝視
漫遊在低音的白樺樹林裡
深沉的呢喃
將陷溺的腿腳安撫
將陷溺的斑馬救出

在地下鐵說失眠給陌生人聽
陌生人說給草叢聽
在菖蒲與野薑花之間
竟成為誤解秘密這回事
秘密中我們是
幾無瑕疵的小說家

然而我在原諒中顫抖著
但它卻夾帶蕈蕨腐生
在皮膚的皺摺處縱恣歌唱

你的喉嚨都唱啞了嗎？
知道嗎，它是一座孤島上的
神秘通道　沉睡一年之後
都會發現自己
被當作某種事物再醃漬
一年

道路的昏厥

Animals in the zoo need feeding and
extra love and attention...
- by Katie Jane Garside

去年走了　今年走了　晦澀停留了
下來。在路燈下，影子走了⋯⋯

大樓的一角切斷了蜿蜒的道路
車子走了（下起自卑的雨）

有一個人消失在我房間的窗口
有一個人消失在我的房間
有一個人消失了

。

潮濕的隱私有著悖德的夢
道路用不屬於自己的記憶屠殺自己

道路沒有修辭
道路是額外添加的氯酸鉀
我曾經走過這
道路剛剛哭過（不，他一直在哭……）
很傷很傷很
受傷的人傷了受傷的道路

是誰在嘲笑這條道路是誰
屠殺了所有的鹿，是誰
乾枯的隱私有著悖德的夢

路燈暗了　今天亮了　雨停了
下來。在路燈下，道路昏厥了……

房間的窗口消失了我。

小小

——給　animism

窗外下起小小的雨
突然想寫一首情詩給妳
輕撫妳說過的悲泣
的女人

在小小的世界裡
冒芽的嫩葉將成為妳們的衣裳
花朵不斷地向遠方發出氣味
所謂美好的氣息
沒有碎紙片的腥味
更沒有碎紙片的噪音

在漂浮的空氣裡
不斷地擠壓著自己的靈魂
肉體是分離的命題
但始終與靈魂
如此貼合

在小小的窗裡
下起小小的雨

一隻流浪狗在白樺樹下
夢見小小的羊肉片
我在濕漉的柏油路上
撿拾到一首小小的情詩

給妳。

失訊

——給　廖經元（1981-2009）

It's been happening a lot with me also. I lost one I
really liked too - so momentary sadness has ensued.
I have to remind myself that this universe is only
partially real.

你聞到自己的氣味，甜的蘋果香蔓延在你的皮膚
上。你深深呼吸，背離清晰的橙紅色背景，暗黑
的灰霧。我一直沒有告訴你，在夜晚醒來，你耳
裡總會飄出一首首詩歌，有時詩句緊迫，但大多
是溫柔。他們在睡眠時掉落，離腳底很近，踏過
你我的夢境。

有些夜晚我會等，我閉著眼睛，醒著。

當樹木失去了他們的顏色，一切變得柔和，我們
也紛紛變成樹。傳遞秘密：在公園和晚上十一點
五十九分，或者其他領土之下。我們在洞裡窺視
失序的慾望，但是你沒有了笑容。後來，我發

現你躲在成堆腐臭的落葉裡，在沒有人打擾的小木屋裡，收集無法抵達的城鎮和陌生的名與姓……。通過了一年，蘋果不甜了。

丟失了你的消息和一些舊雜誌。你讓我感到驚訝的出現，在我夢裡，在我的門前——我，一句話也遞不出口。（2010/11/30）

吞吞與吐吐

紛紛男男女女走下階梯
門窗飛了起來　溫度在轉
一次次青春的解圍與銷毀
結局終會在年老時壞死
沙灘並不是需要奔跑時
就會來到　吻也不是說
〔甜就甜了起來〕
紫青的嘴不斷抒情
但也不能推翻敘事的蠻橫
風　翻新了空氣　水溝裡
肉慾漫流到瀝青路上

一對女學生在早餐店點了
菸　點了杯檸檬汁
〔檸檬汁酸澀了〕

在十字路口轉進校門的紅綠燈

場景三

豐原

豐原

坐在豐原街道旁恍然望見
沙漠：這裡的午后
陽光特別疼痛　他們像遷徙的物種
（動物的傷感）你說呢？

我彷彿看見記憶中的童年
沒有記下的影子（或者說沒有被記下的）
他們剪也剪不開　他們像緩慢移動的
沙丘　起伏溫度的冷熱
表面總有抹不平的傷痕……
（蛇的傷感，不停地複印自己
　的身體——）

我問：疼嗎？（還有那些眼淚凝滯成的
鱗片）疼嗎，當我看見一些血漬
抬頭滿是起紅疹的視野——

「翻閱考古：這裡曾經豐碩
　這裡曾是豐沛的草原
　他們移動著一段又一段的語言」

你記得我食下許多語言嗎？
吐出　食下　再吐出
再被吐出……一片又一片的草原
（是我曾仰躺的草原嗎？）
他們移動著　他們移動著
移動於我的視野之外
列車恍現　急迫移開於我視野之內

我彷彿再看見記憶中的童年
沒有記下的影子（或者說沒有被記下的）
被列車輾過　一遍又一遍
直到隱形成被遺忘的靈魂與
影子──直到隱形成午后的陽光
靜靜地　靜靜地
等待不能悲傷的愛與生活

輯五

週遭逐漸

變得

無可　奉告

有喪

他們牽著影子在長窄的巷弄間
形狀相異相疊的圖騰
在這暗流的世界裡吞噬黴壞的水草
爪子和眉毛帶著一身躁動
一面面黑色帆布在這之間飄蕩
奔跑的畜生
一輛戰車接著一輛戰車
巷弄內有多處人家種植蓮花
胃液蔓延到他們的眼眶
輪子照常轉動
他們看那些影子的眼光形成一支劍
整個東方，在忐忑的氣氛裡舞蹈
羔羊，抬起溫順的前額
又繾綣地埋下頭去
他們剝下影子，保留在沼澤地裡
藝術家試圖披荊斬棘
他們吃肉
他們不斷斬殺
這世界的生命便繁衍不息

整個東方，在肅殺的場景中戲劇
他們停下手來
將聲納吼成一束束喇叭
腳的容器等待小偷置入脹紅的
日出。

(
The G
host O f

Too Mu
c h
)

不停剪斷勃起的火焰，我的病徵極度失敗。

x

獻
給
剪
下
我
的
人

語言文學類　PG0598　吹鼓吹詩人叢書12

某事從未被提及

作　　者／劉哲廷
主　　編／蘇紹連
責任編輯／黃姣潔
圖文排版／陳宛鈴
封面設計／劉哲廷

發 行 人／宋政坤
法律顧問／毛國樑　律師
印製出版／秀威資訊科技股份有限公司
　　　　　114台北市內湖區瑞光路76巷65號1樓
　　　　　電話：+886-2-2796-3638　傳真：+886-2-2796-1377
　　　　　http://www.showwe.com.tw
劃撥帳號／19563868　戶名：秀威資訊科技股份有限公司
　　　　　讀者服務信箱：service@showwe.com.tw
展售門市／國家書店（松江門市）
　　　　　104台北市中山區松江路209號1樓
　　　　　電話：+886-2-2518-0207　傳真：+886-2-2518-0778
網路訂購／秀威網路書店：http://www.bodbooks.com.tw
　　　　　國家網路書店：http://www.govbooks.com.tw
圖書經銷／紅螞蟻圖書有限公司
　　　　　114台北市內湖區舊宗路二段121巷28、32號4樓
　　　　　電話：+886-2-2795-3656　傳真：+886-2-2795-4100

2011年7月BOD一版
定價：240元

國家圖書館出版品預行編目

某事從未被提及 / 劉哲廷著. -- 一版. -- 臺北市：
  秀威資訊科技, 2011.07
    面； 公分. -- (語言文學類；PG0598)
  (吹鼓吹詩人叢書；12)
  BOD版
  ISBN 978-986-221-787-0(平裝)

851.486   100012221

讀者回函卡

感謝您購買本書，為提升服務品質，請填妥以下資料，將讀者回函卡直接寄回或傳真本公司，收到您的寶貴意見後，我們會收藏記錄及檢討，謝謝！

如您需要了解本公司最新出版書目、購書優惠或企劃活動，歡迎您上網查詢或下載相關資料：http:// www.showwe.com.tw

您購買的書名：_____

出生日期：_____年_____月_____日

學歷：□高中 (含) 以下　　□大專　　□研究所 (含) 以上

職業：□製造業　□金融業　□資訊業　□軍警　□傳播業　□自由業
　　　□服務業　□公務員　□教職　　□學生　□家管　□其它_____

購書地點：□網路書店　□實體書店　□書展　□郵購　□贈閱　□其他

您從何得知本書的消息？

　　□網路書店　□實體書店　□網路搜尋　□電子報　□書訊　□雜誌

　　□傳播媒體　□親友推薦　□網站推薦　□部落格　□其他_____

您對本書的評價：(請填代號　1.非常滿意　2.滿意　3.尚可　4.再改進)

　　封面設計____　版面編排____　內容____　文／譯筆____　價格____

讀完書後您覺得：

　　□很有收穫　□有收穫　□收穫不多　□沒收穫

對我們的建議：_____

_____

_____

_____

11466
台北市內湖區瑞光路 76 巷 65 號 1 樓

秀威資訊科技股份有限公司 收

BOD 數位出版事業部

....

（請沿線對折寄回，謝謝！）

姓　　名：＿＿＿＿＿＿＿＿＿　年齡：＿＿＿＿　性別：□女　□男

郵遞區號：□□□□□

地　　址：＿＿＿＿＿＿＿＿＿＿＿＿＿＿＿＿＿＿＿＿＿＿＿

聯絡電話：(日) ＿＿＿＿＿＿＿＿＿＿＿　(夜) ＿＿＿＿＿＿＿＿＿＿＿

E-mail：＿＿＿＿＿＿＿＿＿＿＿＿＿＿＿＿＿＿＿＿＿＿＿＿